J. K. A. MUSÄUS: RÜBEZAHL

Viele waldgekrönte Berge und Gebirgszüge geben dem Landschaftsbild unseres deutschen Vaterlandes das Gepräge, und gerade dieser reizvolle Wechsel von Berg und Tal, von Ebene und Gebirge macht die besondere Schönheit unserer Heimat aus.

Zahlreiche Volkssagen und Märchen wurden in langen Jahrhunderten um diese beherrschenden Höhen gewoben, und in dem bunten Kranz uns überlieferter Heimatsagen um den Harz und den Thüringer Wald, den Odenwald und den Teutoburger Wald, den Schwarzwald und das Siebengebirge spiegeln sich die Vielgestaltigkeit der deutschen Landschaften und die Eigenarten aller deutscher Stämme wider.

Das sagenumwobene Riesengebirge im Südosten Deutschlands, das Schlesien von Böhmen und Mähren scheidet und dessen mächtige Berge – die Schneekoppe, das Hohe Rad und die Sturmhaube – weit in das schöne schlesische Land hineinschauen, ist der Schauplatz unzähliger Geschichten um die Gestalt des Berggeistes Rübezahl, des mächtigen Herrn des Riesengebirges.

GÖTTINGER JUGENDBÜCHER

J. K. A. MUSÄUS

RÜBEZAHL

Der Herr des Riesengebirges

W. Fischer-Verlag · Göttingen

ISBN 3 439 00234 9

Umschlagzeichnung und Textillustrationen: F. M. Kieselbach
Satz und Druck: Fischer-Druck, Göttingen

INHALT

Rübezahl's Reich:
„DAS RIESENGEBIRGE"
N
W
O
S
POLEN
ODER
NEISSE
GRÜNBERG
HOYERSWERDA
NEUSALZ
SAGAN
SPROTTAU
GLOGAU
GÖRLITZ
BUNZLAU
LÜBEN
GUHRAU
NIEDERSCHLESIEN
HIRSCHBERG
LIEGNITZ
TRACHENBERG
KATZBACH
LEUTHEN
BAD WARMBRUNN
OBERSCHREIBERHAU
STRIEGAU
HOHENFRIEDBERG
AGNETENDORF
KRUMMHÜBEL
SCHMIEDEBERG
BRESLAU
RIESENGEBIRGE
WALDENBURG
OELS
LANDESHUT
EULENGEBIRGE
SCHWEIDNITZ
NAMSLAU
TRAUTENAU
HEUSCHEUER
WÜNSCHELBURG
BRIEG
BAD KUDOWA
WARTHA
GLATZ
RÜCKERS
BAD ALTHEIDE
KREUZBURG
REINERZ
GLATZER BERGLAND
OPPELN
NEISSE
MITTELWALDE
ST. ANNABERG
OBERSCHLESIEN
LEOBSCHÜTZ
BEUTHEN
JÄGERNDORF
GLEIWITZ
RATIBOR
TROPPAU
KÖNIGSHÜTTE
KATTOWITZ

Der Herr des Riesengebirges

Rübezahl, der Fürst der Berggeister, besitzt zwar auf der Oberfläche der Erde nur ein Gebiet von wenigen Meilen im Umfang, aber schon wenige Meter unter der Erdrinde hebt seine Alleinherrschaft an und erstreckt sich tief hinab bis zum Mittelpunkt der Erdkugel.

Zuweilen gefällt es dem unterirdischen Herrscher, die weitgedehnten Gebiete der Unterwelt zu durchkreuzen, um die unerschöpflichen Schatzkammern edler Metalle zu beschauen und die Gnomen, seine kleinen Bergleute, in Arbeit zu setzen. Dann wieder erhebt er sich zur Erholung auf die Grenzfeste seines Gebietes auf dem Riesengebirge und treibt Spiel und Spott mit den Menschenkindern.

Denn Freund Rübezahl hat eine gar sonderbare Natur: er ist launisch und ungestüm, heute der wärmste Freund und gutmütig und edel, morgen fremd und kalt und störrisch.

In uralten Zeiten schon tobte Rübezahl durch das wilde Gebirge, hetzte Bären und Auerochsen gegeneinander oder scheuchte mit Getöse das scheue Wild vor sich her, daß es von den Felsklippen stürzte.

Wie nahm es ihn einst wunder, als er, nach einigen in dem unterirdischen Reich verbrachten Jahrhunderten, bei seiner Rückkehr an die Oberwelt die Gegend des Riesengebirges ganz verändert fand!

Die düsteren und undurchdringlichen Wälder, durch die er sonst jagte, waren ausgehauen und in fruchtbares Ackerland verwandelt, aus blühenden Obsthainen ragten die Strohdächer sauberer Dörfer hervor, und auf den blumenreichen Auen weideten Herden von Schafen und Kühen.

Dieser ungewohnte Anblick ergötzte den verwunderten Berggeist so sehr, daß er weder unwillig ward über die Eigenmächtigkeit der Bauern, die ohne seine Einwilligung hier wirtschafteten, noch sie in ihrem Tun und Treiben zu stören gedachte.

Es gelüstete ihn sogar, mit den Menschen Bekanntschaft zu machen, um ihre Art zu erforschen und mit ihnen Umgang zu pflegen. Er nahm deshalb die Gestalt eines rüstigen Ackerknechts an und verdingte sich bei dem ersten besten Bauern. Alles, was er unternahm, gedieh wohl unter seiner Hand, und bald war er als der beste Knecht im Dorfe bekannt.

Sein Brotherr aber war ein Prasser und Schlemmer, der den Erwerb des treuen Knechtes verschwendete und ihm für seine Mühe wenig Dank wußte. So schied er von ihm und ging zu seinem Nachbarn, der ihm seine Schafherde anvertraute. Die Herde gedieh gleichfalls gut und mehrte sich, kein Schaf stürzte vom Felsen, und keines holte der Wolf. Doch auch dieser Herr war ein arger Filz, der seinen Knecht nicht lohnte, wie er sollte. Er stahl ihm obendrein selbst den besten Widder und kürzte dafür den Hirtenlohn.

Da entlief er dem Geizhals und trat in die Dienste des Richters, wurde der Schrecken der Diebe und ein

strenger Diener des Rechts. Der Richter jedoch war ein ungerechter Mann, beugte das Recht und spottete selbst der Gesetze. Als er auch diesem den Dienst aufkündigte, warf man ihn in den Kerker, aus dem er auf dem üblichen Wege der Geister, nämlich durch das Schlüsselloch, leicht einen Ausweg fand.

Dieser erste Versuch, die Menschen kennenzulernen, vermochte in dem Berggeist keine Menschenliebe zu erwecken. Er kehrte verdrossen auf seine Felsenzinne zurück, überschaute versonnen die blühenden Gefilde, die menschlicher Fleiß geschaffen hatte, und wunderte sich sehr, daß die Mutter Natur ihre Spenden an solch unwürdige und undankbare Geschöpfe verlieh.

Wie Rübezahl zu seinem Namen kam

Trotz der schlechten Erfahrungen bei seinem ersten Bemühen, die Menschen kennenzulernen, konnte es der Berggeist nicht unterlassen, von Zeit zu Zeit unsichtbar ins Tal hinunter zu schleichen und, hinter Hecken und Büschen versteckt, seine Bewohner zu beobachten. Eines Tages stand plötzlich ein liebliches Mädchen vor ihm, das sich mit seinen Gespielinnen in unschuldsvoller Fröhlichkeit an einem silbern plätschernden Wasserfall ergötzte.

Der Anblick wirkte so wundersam auf den lauschenden Berggeist, daß er beinahe wünschte, sterblich zu sein wie die Menschen, und von dieser Stunde an war er wie gebannt an diesen Platz und harrte täglich der Wiederkehr der fröhlichen Gesellschaft.

Das schöne Mädchen war Emma, die Tochter des schlesischen Fürsten, die oft mit den Jungfrauen des Hofes durch den grünen Hain wanderte, um Blumen zu pflücken, Kräuter und Wildfrüchte für die Tafel des Vaters zu sammeln und, wenn der Tag heiß war, sich an dem Wasserfall zu erfrischen und darin zu baden.

In der Mittagsstunde eines schwülen Sommertages besuchte sie wieder einmal mit ihrem Gefolge das einladende schattige Plätzchen. Ihre Verwunderung überstieg alle Maßen, als sie den Ort ganz verändert fand. Die rauhen Felsen waren mit Marmor und

Alabaster verkleidet. Das Wasser stürzte nicht mehr in einem wilden Strom von der Bergwand, sondern rauschte, durch viele Abstufungen unterbrochen, mit sanftem Gemurmel in ein weißes Marmorbecken hinunter, aus dem ein Springbrunnen seinen Wasserstrahl hoch in die Luft emporschoß, daß er sprühend wie ein Platzregen in das Becken zurückplätscherte.

Lilien und Vergißmeinnicht blühten am Rande des Beckens, und Rosenhecken umsäumten den so verzauberten Platz. Rechts und links vom Wasserfall öffnete sich der Eingang zu einer prächtigen Grotte, deren Gewölbe von Bergkristall und Frauenglanz funkelte und flimmerte, daß der Glanz das Auge blendete.

Die Prinzessin stand lange in stummer Verwunderung da und wußte nicht, ob sie ihren Augen trauen und den verwunschenen Ort betreten oder fliehen sollte. Aber sie konnte der Begierde nicht widerstehen, alles zu beschauen und von den aufgetischten herrlichen Früchten zu kosten. Und nachdem sie sich mit ihrem Gefolge genügend belustigt hatte, gelüstete es sie, in dem Becken zu baden.

Kaum aber war sie über den Rand des Marmorbeckens geschlüpft, sank sie in eine endlose Tiefe, wenngleich der trügerisch vom Grunde emporscheinende Silberkies keine Gefahr vermuten ließ. Schneller als die herbeieilenden Gespielinnen das goldgelbe Haar ihrer Gebieterin erfassen konnten, hatte sie die Flut in die Tiefe gezogen.

Laut klagend liefen die erschrockenen Mädchen an dem marmornen Becken hin und her, und nur

Brünhild, ihre liebste Gespielin, wagte der Entschwundenen nachzuspringen. Aber sie schwamm wie ein leichter Kork auf dem Wasser und vermochte nicht in den Abgrund zu tauchen.

Wehklagend berichteten die bestürzten Mädchen dem Fürsten, der ihnen auf dem Ritt zur Jagd begegnete, was sich vor ihren Augen abgespielt hatte, und entsetzt vernahm der Vater die Kunde vom Verlust seiner schönen Tochter Emma. Nachdem er den ersten Schmerz überwunden hatte, machte er sich selbst auf, den verwunschenen Wasserfall zu beschauen. Doch der Zauber war verschwunden, die Natur stand wieder wie früher in ihrer ursprünglichen Wildheit.

Unterdessen erging es der liebreizenden Emma im unterirdischen Reich ihres Entführers nicht übel. Nachdem sie der Berggeist den Augen ihres Gefolges entzogen hatte, geleitete er sie in seinen prächtigen Palast, mit dem sich das väterliche Schloß nicht vergleichen konnte.

Als sie sich von ihrem ersten Schrecken erholt hatte, fand sie sich auf einem bequemen Sofa wieder, angetan mit einem Gewand von rosafarbenem Atlas und einem Gürtel von himmelblauer Seide.

Ein schöner junger Mann lag zu ihren Füßen und gestand ihr seine Zuneigung. Der Berggeist – denn dieser war es – offenbarte ihr sodann seinen Stand und seine Herkunft, erzählte von den unterirdischen Staaten, die er beherrschte, und führte sie durch die prächtigen Säle des Schlosses.

Der herrliche Blumengarten, der das Schloß umgab, gefiel der Prinzessin besonders, alle Bäume trugen purpurrote und golden gesprenkelte Früchte, wie sie kein Gärtner zu ziehen vermag, und aus dem Gebüsch ertönte der hundertstimmige Gesang unzähliger Vögel. Durch diese traulichen Bogengänge führte der Jüngling die Prinzessin und lauschte entzückt auf ihre liebliche Stimme.

Die schöne Emma empfand bei aller Verwunderung nicht die gleiche Wonne, und ihre sanfte Schwermut ließ den Berggeist gar bald erkennen, daß in ihrem Herzen Wünsche verborgen waren, die mit den seinigen nicht übereinstimmten. Er bemühte sich, durch viele Aufmerksamkeiten diese Wolken zu zerstreuen und die Prinzessin aufzuheitern; aber vergebens.

Der Mensch – so dachte er bei sich – ist gesellig wie die Biene und die Ameise, es wird der schönen Sterblichen an Unterhaltung mit ihresgleichen fehlen. Wem soll sich das Mädchen auch mitteilen, mit wem über ihren Putz und alle die anderen es bewegenden Fragen aussprechen?

Da kam ihm ein glücklicher Einfall, den er sofort in die Tat umzusetzen gedachte. Er eilte hinaus auf das Feld, zog auf einem Acker ein Dutzend Rüben aus, legte sie in einen zierlich geflochtenen Korb und brachte diesen der Prinzessin, die einsam in der schattigen Laube saß und eine Rose entblätterte.

„Schönste Erdentochter", sprach der Berggeist zu ihr, „verbanne allen Trübsinn aus deiner Seele und öffne dein Herz den Freuden der Geselligkeit. Nicht länger mehr sollst du in meinem Heim einsam trauern. In diesem Korb ist alles, dessen du bedarfst, um dir den Aufenthalt hier so angenehm wie möglich zu machen. Nimm den kleinen bunten Stab und gib durch eine Berührung mit ihm den Gewächsen in diesem Korb die Gestalten, die du gern um dich haben möchtest."

Hierauf verließ er die Prinzessin, und sie zögerte keinen Augenblick, mit dem Zauberstab zu verfahren, wie er geheißen hatte.

„Brünhilde", rief sie, „liebe Brünhild, erscheine!"

Und sogleich lag Brünhilde vor ihren Füßen, umfaßte die Knie ihrer Gebieterin und liebkoste sie, wie sie es sonst zu tun pflegte. Die Täuschung war so vollkommen, daß Emma selbst nicht sagen konnte, ob es die wahre Brünhilde sei oder ob ein Blendwerk ihre Augen betrüge.

Sie überließ sich indessen ganz der Freude, ihre liebste Gespielin um sich zu haben, ging Hand in Hand mit ihr durch den Garten, ließ sie die herrlichen Anlagen bewundern und pflückte ihr die goldgesprenkelten Äpfel von den Bäumen. Dann führte sie ihre Gefährtin durch alle Säle des Palastes bis in die Kleiderkammer, wo sie in froher Unterhaltung bis zum Abend verweilten.

Die aufgeheiterte Prinzessin belebte nun nach und nach den gesamten Vorrat an Rüben und gab ihnen die Gestalt der Jungfrauen, die ihr vordem aufzuwarten pflegten. Und weil noch zwei Rüben übrigblieben, verwandelte sie diese in eine Katze und ein niedliches Schoßhündchen. Sie richtete sich ihren Hofstaat wieder ein und teilte jedem der Mädchen eine Aufgabe zu, der sich diese auf den leisesten Wink und ohne jeden Widerspruch unterzogen.

Einige Wochen genoß Emma ungestört die Freuden dieser Gesellschaft. Nur merkte die Prinzessin nach einiger Zeit, daß die frische Gesichtsfarbe ihrer Gespielinnen immer blasser wurde und sie bald welkenden Blumen glichen. Gleichwohl versicherten sie alle, daß sie sich wohl befänden, und der freigiebige Berggeist ließ es ihnen bei der Tafel an nichts fehlen. Dennoch zehrten sie mehr und mehr ab, Leben und Tätigkeit schwand von Tag zu Tag mehr dahin, und alles Jugendfeuer erlosch.

Als die Prinzessin an einem heiteren Morgen, durch gesunden Schlaf gestärkt, fröhlich in den Kreis der Jungfrauen trat, schrak sie schaudernd zurück, als ihr ein Haufen eingeschrumpfter Mumien an Krücken und Stöcken entgegenzitterte, kaum imstande, sich aufrecht zu halten.

Das Hündchen hatte alle viere von sich gestreckt, und das Schmeichelkätzchen konnte sich kaum noch bewegen.

Bestürzt eilte die Prinzessin aus dem Raume, um vom Söller des Palastes laut nach dem Berggeist zu rufen, der alsbald in demütiger Haltung vor ihr erschien.

„Boshafter Geist!“ rief sie ihm zornig zu, „warum mißgönnst du mir die einzigste Freude meines jammervollen Lebens hier? Gib augenblicklich meinen Jungfrauen Leben und Wohlgestalt wieder, oder Haß und Verachtung werden dich treffen!“

„Schönste Erdentochter“, erwiderte der Berggeist, „zürne mir nicht so sehr! Die Kräfte der Natur gehorchen mir wohl, doch vermag ich nichts gegen ihre unwandelbaren Gesetze. Solange die natürliche Lebenskraft in den Rüben war, konnte sie dein Zauberstab nach deinem Gefallen verwandeln. Nun sind die Säfte verbraucht, und sie verfallen der Auflösung. Doch laß es dich nicht kümmern, ein frisch gefüllter Korb wird den Verlust schnell ersetzen. Du kannst daraus alle Gestalten wieder herzaubern, die dein Herz begehrt.

Gib nur der Mutter Natur ihre Geschenke zurück, die dich so köstlich unterhalten haben, auf dem großen Rasenplatz im Garten wirst du bessere Gesellschaft finden."

Als sich der Berggeist entfernt hatte, berührte Emma die runzligen Gestalten mit dem Zauberstab. Sie schrumpften nun ganz zu vertrockneten Rüben zusammen, und die Prinzessin warf sie auf den Kehrrichthaufen. Schnell hüpfte sie davon, den frischen Korb mit Rüben im Garten in Empfang zu nehmen, aber vergebens suchte sie den ganzen Garten ab. In großer Verlegenheit kam ihr schließlich der Berggeist entgegen.

„Du hast mich wiederum getäuscht", zürnte die Prinzessin, „wo ist der Korb, den du mir vorhin versprachst?"

„Holde Gebieterin meines Herzens", antwortete der Geist, „wirst du mir verzeihen? Ich versprach mehr, als ich geben kann, die Rüben sind längst geerntet und welken in den Kellern. Die Fluren trauern, denn unten im Tale ist's Winter. Harre nur noch drei Monate in Geduld aus, dann wirst du wieder mit deinen Puppen spielen können."

Ehe noch der Berggeist mit seiner Rede zu Ende war, hatte ihm Emma den Rücken gedreht und sich unwillig in ihr Gemach zurückgezogen. Er aber eilte in die nächste Marktstadt und kaufte, als Pächter verkleidet, einen Sack voll Rübensamen, womit er einen ganzen Morgen Land besäte. Dabei gebot er einem seiner dienstbaren Geister, ein unterirdisches Feuer zu schüren, um die Saat von unten herauf mit gelinder Wärme wie in einem Gewächshaus zu treiben.

Die Rübensaat ging auch prächtig auf und versprach eine gute Ernte in kurzer Zeit, und die Prinzessin ging täglich hinaus auf das Ackerfeld, um das Wachsen zu beobachten. Doch Kummer und Mißmut trübten ihre Augen, und am liebsten weilte sie in einem düsteren Tannenwäldchen am Rande eines munteren Quellbaches und schaute versonnen dem in den Odergrund hinabfließenden Gewässer nach.

Sie dachte an den jungen Grenznachbarn vom Ufer der Oder, Fürst Ratibor, dem sie als Verlobte versprochen war. Das junge Paar sah bereits dem Tage seiner Hochzeit entgegen, als die Braut plötzlich verschwand. Diese Nachricht versetzte den Fürsten in große Aufregung. Er verließ seine Residenz, zog menschenscheu in den dichten Wäldern umher und wurde nicht müde, nach der Braut zu suchen.

Die treue Emma aber grämte sich schweigend in ihrem unterirdischen Gefängnis und verschloß ihre Gefühle so fest in ihrer Brust, daß der Berggeist die wahre Ursache ihres Kummers nicht zu enträtseln vermochte.

Lange schon hatte Emma gesonnen, wie sie ihn überlisten und aus der lästigen Gefangenschaft entfliehen könnte, und nach mancher durchwachten Nacht war in ihr ein Plan gereift, den sie jetzt auszuführen beschloß.

Als der Lenz in die Gebirgstäler zurückkehrte und die Rüben zur Reife gediehen, zog die Prinzessin täglich einige davon aus und gab ihnen alle möglichen Gestalten, dem Anschein nach, um sich daran zu belustigen. Aber ihre Absicht ging weiter. Eines Tages ließ sie eine Rübe zu einer Biene werden und schickte sie ab, Kundschaft von ihrem Verlobten einzuholen.

Die Biene flog alsbald vom Finger ihrer Gebieterin, wohin sie beordert war, aber kaum hatte sie ihren Flug begonnen, da kam ein Vogel und verschlang sie zum größten Leidwesen der Prinzessin. Darauf formte Emma mit Hilfe des Zauberstabes eine Grille, aber auch diese holte sich vor ihren Augen ein langbeiniger Storch, noch ehe sie richtig auf dem Wege war. Da gab Emma der dritten Rübe die Gestalt einer Elster.

„Flieg hin, beredsamer Vogel", sprach sie, „flieg von Baum zu Baum, bis du Ratibor, meinen Verlobten, gefunden hast. Erzähle ihm von meiner Gefangenschaft und gib ihm Bescheid, daß er in drei Tagen mit Roß und Mann an der Grenze des Gebirges im Maiental auf mich warten soll."

Die Elster gehorchte und flog hurtig davon, und Emma verfolgte ihren Flug, so weit das Auge reichte.

Der betrübte Ratibor, der noch immer auf der Suche nach Emma die Wälder durchstreifte, hatte

sich gerade unter einer schattigen Eiche zur Ruhe niedergelassen und gedachte seufzend der geliebten Prinzessin, als ihn eine unbekannte Stimme anrief. Als er jedoch außer einer Elster kein lebendes Wesen erblicken konnte und glauben mußte, einer Sinnestäuschung erlegen zu sein, nahm er einen Stein auf, um den Vogel zu verjagen.

Der ließ sich jedoch nicht beirren und sagte mit der ihm eigenen Beredsamkeit den Spruch her, den ihn Emma gelehrt hatte. Kaum hatte Fürst Ratibor die fröhliche Botschaft vernommen, jubelte sein Herz in großer Freude, und er hätte gern noch mehr über das Schicksal der Prinzessin erfahren. Doch die Elster konnte nur den ihr eingelernten Spruch ohne Aufhören wiederholen und flatterte davon.

Schnell eilte der Fürst an seinen Hof zurück, rüstete eine Schar von Bewaffneten und zog mit ihnen voll freudiger Hoffnung ins Gebirge zurück.

Emma hatte unterdessen mit weiblicher Schlauheit alles vorbereitet, um die Flucht durchzuführen. Sie hörte auf, den Berggeist mit kränkender Kälte zu behandeln, und gab sich den Anschein, als würde sie seinem ständigen Werben Gehör schenken. Am folgenden Morgen trat sie ihm wie eine Braut geschmückt entgegen, mit reichem Geschmeide beladen und einem langen Schleier angetan.

Der Berggeist, überzeugt, endlich ihr Herz gewonnen zu haben, erbot sich, ihr jeden Beweis seiner Liebe und unwandelbaren Treue zu erbringen.

„Ich erbitte nur einen Beweis deiner Gefälligkeit", erwiderte Emma. „Gehe hin und zähle alle Rüben auf dem Acker. Ich will sie beleben, daß sie mir an meinem Hochzeitstag als Brautjungfern dienen. Aber hüte dich, mich zu täuschen, und verzähle dich nicht um eine! Denn dies ist die Probe, womit ich deine Treue prüfen will."

So ungern sich der Berggeist jetzt von seiner vermeintlichen Braut trennte, gehorchte er doch ohne Zögern und hüpfte bald wie ein Star unter den Rüben umher, daß er schnell mit Zählen fertig war. Doch um seiner Sache ganz gewiß zu sein, wiederholte er die Zählung und fand zu seinem Verdruß einen Fehler in der Rechnung, der ihn nötigte, ein drittes Mal zu zählen. Aber auch diesmal stimmte die Rechnung nicht, und je mehr er zählte, desto verwirrter wurde er.

Die schlaue Prinzessin aber hatte den Geist kaum aus den Augen verloren, als sie flugs eine Rübe in ein kräftiges Roß verwandelte. Sie schwang sich auf seinen Rücken und flog über das Gebirge dahin bis in das Maiental, wo sie sich Ratibor, der sehnsuchtsvoll ihrer harrte, in die Arme warf.

Als der geschäftige Berggeist endlich die richtige Zahl der Rüben herausgefunden hatte und frohgemut zurückeilte, um seiner Gebieterin zu berichten, fand er Schloß und Garten leer, und auf sein lautes Rufen kam von nirgends eine Antwort.

Da witterte er Unheil. Flugs legte er die angenommene Menschengestalt ab und schwang sich als Geist hoch in die Lüfte. In der Ferne sah er noch eben die Flüchtige mit ihrem Renner über die Grenze seines Bereiches setzen.

Wütend ballte er ein paar Wolken zusammen und schleuderte der Fliehenden einen kräftigen Blitz nach, der eine tausendjährige Eiche zersplitterte, ohne die Prinzessin zu treffen. Auch einige Felsbrocken, die er mit großer Gewalt nach ihr warf, konnten sie nicht mehr treffen, da sich die Prinzessin bereits außerhalb der Grenzen seines Reiches befand, wo seine Rache unwirksam war.

Nachdem er sich so ausgetobt hatte, ohne dem glücklich wieder vereinten Paar Unheil zuzufügen, kehrte er in seinen Palast zurück und versprach sich hoch und teuer, sich nie mehr mit dem trügerischen Menschengeschlecht einzulassen. Voller Wut stampfte er dreimal auf die Erde, und der ganze Zauberpalast mit all seiner Herrlichkeit verschwand plötzlich in einem tiefen Abgrund. Der Berggeist fuhr hinab in die Tiefe seines unterirdischen Reiches und nahm Menschenhaß und Bitterkeit mit dahin.

Während dieser Vorgänge im Gebirge führte Fürst Ratibor seine schöne Braut heim an den Hof ihres Vaters. Nach der Vermählung baute er in seinem Land die Stadt Ratibor, die seinen Namen trägt bis auf den heutigen Tag. Die Geschichte von dem sonderbaren Abenteuer der Prinzessin aber pflanzte sich von Mund zu Mund und Geschlecht zu Geschlecht fort, und die Bewohner der umliegenden Gegenden, die den Berggeist nicht bei Namen zu nennen wußten, legten ihm einen Spottnamen bei und riefen ihn fortan „Rübenzähler“ oder kurzweg „Rübezahl“.

Rübezahl läßt sich hängen

Der unmutsvolle Berggeist hatte die Oberwelt mit dem Entschluß verlassen, nie wieder das Tageslicht zu schauen; doch die wohltätige Zeit verwischte nach und nach die Eindrücke seines Grams. Gleichwohl war ein Zeitraum von neunhundertneunundneunzig Jahren erforderlich, ehe die alte Wunde ausheilte.

Endlich, da ihn die Langeweile drückte, schlug sein Hofschalksnarr in der Unterwelt, ein drolliger Kobold, eine Lustpartie ins Riesengebirge vor, und Rübezahl stimmte gern zu. Es dauerte nur eine Minute, so war die weite Reise vollendet und er befand sich mitten auf dem großen Rasenplatz seines ehemaligen Lustgartens

Der Anblick dieser Gegenstände erneuerte alle Erinnerungen an die schöne Emma, aber die Vorstellung, wie sie ihn überlistet und hintergangen hatte, machte seinen Groll gegen die ganze Menschheit wieder rege.

„Unseliges Erdengewürm!" rief er aus, indem er aufschaute und vom hohen Gebirge die Türme der Kirchen und Klöster in Städten und Flecken erblickte. „Du treibst noch immer dein Wesen im Tale. Hast mich geäfft durch Tücke und Ränke, sollst mir nun büßen; will dich hetzen und plagen, daß dir bange werden soll vor dem Treiben des Geistes im Gebirge!"

Kaum hatte er dies Wort gesagt, so vernahm er in der Ferne Menschenstimmen. Drei junge Gesellen wanderten durchs Gebirge, und der keckste unter ihnen rief ohne Unterlaß: „Rübezahl, komm herab! Rübezahl, Mädchendieb!"

Von undenklichen Jahren her hatte der Volksmund die Entführungsgeschichte des Berggeistes getreulich aufbewahrt, und jeder Reisende, der das Riesengebirge betrat, unterhielt sich mit seinen Gefährten von seinen Abenteuern.

Rübezahl war betroffen, als er sein Abenteuer mit der Prinzessin jetzt so kurz und bündig ausrufen hörte. Wie der Sturmwind raste er durch den düsteren Fichtenwald und war schon im Begriff, den armen Tropf, der sich ohne Absicht über ihn lustig gemacht hatte, zu erdrosseln, als er in dem Augenblick bedachte, daß eine solche Rache großes Geschrei im Lande erregen, alle Wanderer aus dem Gebirge vertreiben und ihm die Gelegenheit rauben würde, sein Spiel mit den Menschen zu treiben.

Darum ließ er die Gefährten ruhig ihre Straße ziehen, mit dem Vorbehalt, den Mutwillen des Spötters nicht ungestraft hingehen zu lassen.

An dem nächsten Scheideweg trennte sich dieser von seinen Kameraden und gelangte mit heiler Haut in Hirschberg, seiner Heimat, an. Aber als unsichtbarer Geleitsmann war ihm Rübezahl bis zur Herberge gefolgt, um ihn zu gegebener Zeit dort zu finden. Jetzt trat er seinen Rückweg ins Gebirge an und sann auf ein Mittel, sich zu rächen. Da begegnete ihm auf der Landstraße ein reicher alter Handels-

mann, der nach Hirschberg wollte; diesen wollte er zum Werkzeug seiner Rache machen.

Er gesellte sich also zu ihm in der Gestalt des losen Gesellen, der ihn gefoppt hatte, plauderte freundlich mit ihm und führte ihn unbemerkt seitab von der Straße. Als sie ins Gebüsch kamen, fiel er dem Händler mörderisch in den Bart, zauste ihn weidlich, riß ihn zu Boden, knebelte ihn und raubte ihm seinen Säckel, worin er viel Geld und Geschmeide trug.

Nachdem er ihn mit Faustschlägen und Fußtritten zum Abschied noch gar übel zugerichtet hatte, ging er davon und ließ den armen geplünderten Mann halbtot im Busche liegen.

Als sich der Händler von seinem Schrecken erholt hatte und wieder Leben in ihm war, rief er laut um

Hilfe, denn er fürchtete, in der grauenvollen Einöde zu verschmachten. Da trat ein ehrbarer Mann zu ihm, dem Ansehen nach ein Bürger aus einer der umliegenden Städte. Er löste ihm die Bande von Händen und Füßen und geleitete ihn freundlich bis nach Hirschberg an die Tür der Herberge. Dort reichte er ihm einen Zehrpfennig und schied von ihm.

Wie erstaunte der Händler, als er beim Eintritt in den Krug seinen Räuber am Zechtisch erblickte, so frei und unbefangen, wie nur ein Mensch sein kann, der sich keiner Übeltat bewußt ist! Er saß hinter einem Schoppen Landwein, trieb Scherz mit anderen Zechbrüdern, und neben ihm lag der gleiche Ranzen, in welchem er den geraubten Säckel verborgen hatte.

Der bestürzte Händler schlich sich unbemerkt zur Tür hinaus, ging zum Richter und machte ihm Mitteilung von dem räuberischen Überfall und seiner Entdeckung.

Das Hirschberger Gericht stand damals in dem Rufe, Recht und Gerechtigkeit schnell und streng zu handhaben. Häscher bewaffneten sich mit Spießen und Stangen, umringten das Wirtshaus, griffen den Unschuldigen und führten ihn vor die Schranken der Ratsstube, wo sich die weisen Väter indes versammelt hatten.

„Wer bist du?" fragte der Stadtrichter, als der Angeklagte hereintrat, „und von wo kommst du?" Er antwortete freimütig und unerschrocken: „Ich bin ein ehrlicher Schneider, Benedix genannt, komme von Liebenau und stehe hier in Arbeit bei meinem Meister."

„Hast du nicht diesen Mann im Walde heimtückisch überfallen, übel geschlagen, gebunden und seines Säckels beraubt?“

„Ich habe diesen Mann nie mit Augen gesehen, hab' ihn auch weder geschlagen noch gebunden, noch seines Säckels beraubt. Ich bin ein ehrlicher Geselle und kein Straßenräuber.“

„Womit kannst du deine Ehrlichkeit beweisen?“

„Mit dem Ausweis über meine Kundschaft und dem Zeugnis meines guten Gewissens.“

Benedix öffnete getrost den Ranzen; denn er wußte wohl, daß er nichts als sein wohlerworbenes Eigentum darin verwahrte. Doch als er ihn ausleerte, da klingelte es unter dem herausstürzenden Plunder wie Gold. Die Häscher griffen hurtig zu, breiteten den Kram auseinander und zogen den schweren Säckel hervor, den der erfreute Handelsmann als sein Eigentum zurückforderte.

Der arme Schneider stand da wie vom Donner gerührt, wollte vor Schreck umsinken und konnte kein Wort hervorbringen.

„Erbarmung, gestrenger Herr Richter!“ winselte der Angeklagte auf den Knien. „Alle Heiligen im Himmel ruf' ich zu Zeugen an, daß ich unschuldig bin an dem Raube; ich weiß nicht, wie des Händlers Säckel in meinen Ranzen gekommen ist.“

„Du bist überführt“, sagte der Richter, „der Säckel beweist dein Verbrechen. Tue Gott und der Obrigkeit die Ehre und bekenne freiwillig, ehe der Peiniger kommt, dir das Geständnis der Wahrheit abzufoltern.“

Der geängstigte Benedix konnte nur seine Unschuld beteuern, aber er predigte tauben Ohren; man hielt ihn für einen hartnäckigen Dieb, der sich nur aus der Halsschlinge herausleugnen wollte. Meister Hämmerling, der Foltermeister, wurde herbeigerufen. Jetzt verließ den armen Wicht die Standhaftigkeit seines guten Gewissens, er bebte zurück vor den Qualen, die seiner warteten.

Als der Folterer im Begriff war, ihm die Daumenschraube anzulegen, bedachte er, daß dies ihn unfähig machen würde, jemals wieder die Nadel zu führen, und um der Marter zu entgehen, gestand er das Bubenstück ein, von dem sein Herz nichts wußte.

Die Verhandlung wurde nun kurzerhand abgetan und der Angeklagte von Richtern und Schöffen zum Tode durch den Strang verurteilt. Das Urteil sollte zur Ersparung der Verpflegungskosten gleich tags darauf am frühen Morgen vollzogen werden.

Alle Zuschauer fanden das Urteil des wohlweisen Magistrats gerecht und billig; doch keiner rief den Richtern lauteren Beifall zu als der barmherzige Samariter, der mit in die Gerichtsstube eingedrungen war und nicht müde wurde, die Gerechtigkeitsliebe der Herren von Hirschberg zu preisen.

Und in der Tat hatte auch niemand größeren Anteil an der Sache als eben dieser Menschenfreund, der mit unsichtbarer Hand des Händlers Säckel in des Schneiders Ranzen verborgen hatte und kein anderer als Rübezahl selbst war.

Schon am frühen Morgen lauerte er am Hochgericht in der Gestalt eines Raben auf den Leichenzug, der das Opfer seiner Rache dahin begleiten sollte, und es regte sich in ihm bereits der Rabenhunger, dem neuen Ankömmling die Augen auszuhacken. Aber diesmal harrte er vergebens. Ein frommer Ordensbruder, der es sich angelegen sein ließ, die zum Tode Verurteilten zur Buße zu bekehren, fand die Zeit zu kurz und bat den Magistrat um einen dreitägigen Aufschub der Hinrichtung. Als Rübezahl davon hörte, flog er ins Gebirge, die Vollstreckung des Urteils dort zu erwarten.

In dieser Zeit durchstrich er nach seiner Gewohnheit die Wälder und erblickte auf dieser Streiferei eine Jungfrau, die sich unter einem schattenreichen Baum gelagert hatte. Ihr Haupt war auf die Brust hinabgesunken, von Zeit zu Zeit wischte sie mit der Hand eine herabrollende Träne von den Wangen, und schwere Seufzer entrangen sich ihrer Brust.

Der Berggeist war so gerührt davon, daß er Verlangen trug, das Mädchen zu trösten. Er verwandelte sich wieder in einen ehrbaren Bürger, trat freundlich zu der Jungfrau und sprach: „Mägdlein, was trauerst du hier so einsam? Verhehle mir deinen Kummer nicht, daß ich dir helfen kann."

Die Jungfrau schreckte auf, als sie diese Stimme hörte, und erhob ihr Haupt. Als sie den ehrsamen Mann vor sich stehen sah, sprach sie: „Was kümmert Euch mein Schmerz, guter Mann, da Ihr nicht helfen könnt? Ich bin eine Unglückliche, ich habe den Mann meines Lebens gemordet und will meine Schuld mit Jammer und Tränen büßen, bis mir der Tod das Herz bricht."

Der Mann staunte. „Du eine Mörderin?" rief er, „bei diesem freundlichen, lieben Gesicht? Unmöglich! – Zwar sind die Menschen aller Ränke und Bosheiten fähig, das weiß ich; gleichwohl ist mir's hier ein Rätsel."

„So will ich's Euch lösen", erwiderte die trübsinnige Jungfrau. „Ich hatte einen Gespielen von Jugend an, den Sohn meiner Nachbarin. Er war so lieb und gut, so treu und bieder, liebte mich so standhaft und herzig, daß ich ihm ewige Treue gelobte. Ach, das Herz des braven Menschen habe ich vergiftet und ihn zu einer Übeltat verleitet, wofür er das Leben verwirkt hat!"

Der Berggeist rief erstaunt: „Du?"

„Ja, Herr", sprach sie, „ich bin seine Mörderin, hab' ihn gereizt, einen Straßenraub zu begehen und einen Handelsmann zu plündern; da haben ihn die Herren von Hirschberg gegriffen, Halsgericht über ihn gehalten, und morgen wird er gehängt."

„Und das hast du verschuldet?" fragte verwundert Rübezahl.

„Ja, Herr, ich habe sein junges Leben auf meinem Gewissen. Er zog auf die Wanderschaft übers Gebirge, und zum Abschied sprach er: ‚Feinsliebchen, bleib mir treu. Wenn der Apfelbaum zum dritten Male blüht, kehr' ich von der Wanderschaft zurück, dich heimzuholen als mein junges Weib.' Und das gelobte ich ihm zu werden durch einen teuren Eid.

Nun blühte der Apfelbaum zum dritten Male, da kam Benedix wieder, erinnerte mich an meine Zusage und wollte mich zur Trauung führen. Ich aber neckte und höhnte ihn und sprach: ,Dein Weib kann ich nicht werden, du hast weder Herd noch Obdach. Schaff' dir erst blanke Taler an, dann frage wieder.'

Der arme Junge wurde durch diese Rede sehr betrübt. ,Ach, Klärchen', seufzte er mit einer Träne im Auge, ,steht dir dein Sinn nach Geld und Gut, so bist du nicht das biedere Mädchen mehr, das du vormals warst! Schlugst du nicht ein in diese Hand, da du mir deine Treue schwurst?'

Er bat und flehte, doch ich blieb fest in meinem Sinn: ,Mein Herz verschmäht dich nicht, o Benedix!' antwortete ich. ,Nur meine Hand versag' ich dir für jetzt; zieh hin, erwirb dir Gut und Geld, und hast du das, dann will ich dich gern zum Mann nehmen.'

,Wohlan', sprach er mit Unmut, ,du willst es so, ich gehe in die Welt, will laufen, will betteln, stehlen, sparen, sorgen, und eher sollst du mich nicht wiedersehen, bis ich den schnöden Preis erlangt, um den ich dich erwerben muß.' – So hab' ich ihn betört, den armen Benedix; er ging ergrimmt davon. Da verließ ihn sein guter Engel, daß er tat, was nicht recht war und was sein Herz gewiß verabscheute."

Der ehrsame Mann schüttelte den Kopf über diese Rede und rief nach einer Pause mit nachdenklicher Miene: „Wunderbar!" Hierauf wandte er sich zu der Jungfrau: „Warum", fragte er, „erfüllst du aber hier den leeren Wald mit deinen Klagen, die dir und deinem Bräutigam nichts nützen können?"

„Lieber Herr", fiel sie ein, „ich war auf dem Wege nach Hirschberg, da wollte mir der Jammer das Herz abdrücken, darum verweilte ich unter diesem Baume."

„Und was willst du in Hirschberg tun?"

„Ich will dem Blutrichter zu Fuße fallen, will mit meinem Klagegeschrei die Stadt erfüllen, und die Töchter der Stadt sollen mir wehklagen helfen, um die Herren zu erbarmen, dem unschuldigen Blut das Leben zu schenken. Und wenn mir's nicht gelingt, meinen Benedix dem schmählichen Tode zu entreißen, will ich freudig mit ihm sterben."

Rübezahl wurde durch diese Rede so bewegt, daß er von Stund an seine Rache ganz vergaß und der Trostlosen ihren Bräutigam wiederzugeben beschloß. „Trockne deine Tränen ab", sprach er mit teilnehmender Gebärde, „und laß deinen Kummer schwinden. Ehe die Sonne wieder aufgeht, soll dein Benedix frank und frei sein.

Morgen um den ersten Hahnenschrei sei wach und aufmerksam, und wenn ein Finger ans Fenster klopft, so ist es dein Benedix, der davor steht. Du sollst auch wissen, daß er das Bubenstück nicht begangen hat, dessen du ihn zeihst, und du hast gleichfalls keine Schuld; denn er hat sich durch deinen Eigensinn zu keiner bösen Tat reizen lassen. Ich will hin, ihn seiner Banden zu entledigen, denn ich vermag viel in der Stadt. Sei guten Muts und kehre heim in Frieden."

Das Mädchen machte sich alsbald auf und gehorchte, obgleich Furcht und Hoffnung in ihrer Seele kämpften.

Der ehrwürdige Pater hatte es sich die drei Tage des Aufschubs inzwischen sauer werden lassen, den Verurteilten gehörig auf den Tod vorzubereiten. Als er dem trostlosen Benedix zum letzten Male gute

Nacht gewünscht hatte, begegnete ihm Rübezahl unsichtbarerweise beim Eingange, noch unentschlossen, wie er sein Vorhaben, den armen Schneider in Freiheit zu setzen, auszuführen vermöchte.

In dem Augenblick kam ihm der Einfall, der recht nach seinem Sinn war. Er schlich dem Mönch ins Kloster nach, stahl aus seiner Kleiderkammer ein Ordenskleid, fuhr hinein und begab sich in Gestalt des Bruders ins Gefängnis, welches ihm der Kerkermeister ehrerbietig öffnete.

„Das Heil deiner Seele", redete er den Gefangenen an, „treibt mich nochmals hierher, da ich dich kaum verlasen habe. Doch hatte ich vorher vergessen, dich nach etwas zu fragen. Sag an, denkst du auch an Klärchen? Liebst du sie noch als deine Braut? Hast du ihr etwas vor deiner Hinfahrt zu sagen, so vertraue es mir."

Benedix staunte bei diesem Namen noch mehr; der Gedanke an sie wurde auf einmal wieder so heftig angefacht, daß er anfing zu schluchzen und kein Wort vorzubringen vermochte. Diese herzbrechende Gebärde jammerte den mitleidigen Mönch, daß er beschloß, dem Spiel ein Ende zu machen.

„Armer Benedix", sprach er, „gib dich zufrieden und sei getrost und unverzagt, du sollst nicht sterben. Ich habe in Erfahrung gebracht, daß du unschuldig bist an dem Raube. Darum bin ich gekommen, dich aus dem Kerker zu entführen und der Bande zu entledigen."

Hierauf wechselte der gutmütige Ordensbruder mit ihm die Kleider und sprach: „Gehe gemächlich wie ein frommer Mönch durch die Schar der Wächter vor der Tür des Gefängnisses und durch die Straßen, bis du die Stadt hinter dir hast; dann schreite rüstig zu und raste nicht, bis du in Liebenau vor Klärchens Tür stehst."

Der gute Benedix wähnte, das alles sei nur ein Traum, rieb sich die Augen, zwickte sich in die Arme, ob er wache oder schlafe, und fiel seinem Befreier zu Füßen. Der liebreiche Mönch trieb ihn endlich fort und reichte ihm noch ein Laib Brot und eine Knackwurst zur Zehrung auf den Weg. Mit wankendem Knie schritt Benedix über die Schwelle des traurigen Kerkers und fürchtete immer, erkannt zu werden. Aber sein ehrwürdiges Gewand gab ihm die Gewähr, daß keiner der Wächter in ihm einen Verbrecher vermutete.

Klärchen saß indessen einsam in ihrem Kämmerlein, horchte auf das Rauschen des Windes und spähte nach jedem Vorübergehenden. Schon schüttelten die Hähne in der Nachbarschaft die Flügel und verkündeten durch ihr Krähen den kommenden Tag. Da pochte es dreimal leise an das Fenster. Ein froher Schauer durchlief ihre Glieder, sie sprang auf, tat einen lauten Schrei; denn eine Stimme flüsterte durch die Luke: „Feinsliebchen, bist du wach?"

Husch – war sie an der Tür. „Ach, Benedix, bist du's, oder ist's dein Geist?"

Der verkleidete Benedix gab sich zu erkennen und erzählte ihr seine wunderbare Errettung aus dem peinlichen Kerker. Klärchen ging, ihm einen Trunk frisches Wasser zu holen, und nachdem er sich damit gelabt hatte, fühlte er Hunger; aber sie hatte nichts zum Imbiß als Salz und Brot. Da dachte Benedix an seine Knackwurst, zog sie aus der Tasche und wunderte sich, daß sie schwerer war als ein Hufeisen, brach sie auseinander, und siehe! da fielen eitel Goldstücke heraus.

Klärchen erschrak, sie meinte, das Gold sei ein Rest von dem Raube des Händlers und Benedix sei nicht so unschuldig, wie ihn der ehrsame Mann gemacht habe, der ihr im Gebirge erschienen war. Allein der Gesell beteuerte, daß der fromme Ordensmann ihm diesen verborgenen Schatz vermutlich als eine Hochzeitsgabe verliehen habe, und sie glaubte seinen Worten.

Darauf segneten beide mit dankbarem Herzen den edelmütigen Wohltäter, verließen ihre Vaterstadt und zogen gen Prag, wo Meister Benedix mit Klärchen, seinem Weibe, lange Jahre als ein ehrsamer Bürger und wohlhabender Mann in friedlicher Ehe lebte.

In der frühen Morgenstunde, da Klärchen mit schauervoller Freude den Finger ihres Benedix am Fenster hörte, klopfte auch in Hirschberg ein Finger an die Tür des Gefängnisses. Das war der Bruder Graurock, der, von frommem Eifer aufgeweckt, den Anbruch des Tages kaum erwarten konnte, die Bekehrung des armen Sünders zu vollenden.

Rübezahl hatte die Rolle des Verurteilten übernommen und war entschlossen, sie auszuspielen. Er schien wohlgefaßt zum Sterben zu sein, und der fromme Mönch freute sich darüber und sah in dieser

Standhaftigkeit den Erfolg seiner Zusprache. Darauf ließ er ihn der Fesseln entledigen, hörte seine Beichte und sprach ihn los von den Sünden.

Die Zeit war darüber verlaufen, die Stunde des peinlichen Gerichts war gekommen. Auf dem Platze der Hinrichtung verlas der Richter noch einmal das Urteil und brach zum Zeichen dessen, daß er dem Tode verfallen sei, einen Stab über dem Kopfe des Verurteilten entzwei. Danach führten ihn die Henker auf die Leiter am Galgen und legten ihm die Schlinge um den Hals. Als er nun von der Leiter gestoßen wurde, zappelte er am Strange nach Herzenslust und trieb das Spiel so arg, daß dem Henker übel zumute ward.

Es erhob sich lauter Unwillen im Volk, und einige schrien, man solle den Henker steinigen, weil er den armen Sünder über die Gebühr martere. Um also Unglück zu verhüten, streckte sich Rübezahl lang aus und stellte sich an, als sei er tot. Als sich aber das Volk verlaufen hatte und nachher einige Leute aus Neugier hinzutraten und den Gehenkten beschauen wollten, fing Rübezahl am Galgen sein Spiel von neuem an und erschreckte die Beschauer durch fürchterliche Grimassen.

Daher lief gegen Abend in der Stadt ein Gerücht um, der Gehangene könne nicht sterben und tanze noch immer am Hochgericht. Das bewog die Stadtbehörde, des Morgens in aller Frühe durch einige Abgeordnete die Sache untersuchen zu lassen. Wie sie nun dahin kamen, fanden sie nichts als einen Strohmann am Galgen, mit alten Lumpen bedeckt, wie man ihn in die Erbsen zu stellen pflegt, um die Spatzen damit zu verscheuchen.

Darüber wunderten sich die Herren von Hirschberg gar sehr, ließen in aller Stille den Strohmann abnehmen und überall verbreiten, der große Wind habe zur Nachtzeit den leichten Schneider vom Galgen über die Grenze geweht.

Eine wirksame Belehrung

Nicht immer war Rübezahl bei der Laune, denen, die er durch seine Neckereien in Schaden und Nachteil gebracht hatte, einen so edelmütigen Ersatz zu geben. Gern spielte er nur den Plagegeist aus boshafter Schadenfreude und kümmerte sich wenig darum, ob er einen Schurken oder einen Biedermann foppte.

Oft gesellte er sich zu einem einsamen Wanderer als Geleitsmann, führte unbemerkt den Fremdling irre, ließ ihn an dem Abhange einer Bergeshöhe oder in einem Sumpfe stehen und verschwand mit höhnischem Gelächter. Zuweilen erschreckte er die furchtsamen Marktweiber durch abenteuerliche Gestalten, lähmte den Reisigen das Roß, daß es nicht von der Stelle konnte, zerbrach den Fuhrleuten ein Rad oder eine Achse am Wagen, oder er ließ vor ihren Augen ein abgerissenes Felsenstück in den Hohlweg hinabrollten, das sie mit unendlicher Mühe auf die Seite räumen mußten, um sich freie Bahn zu machen.

Oft hielt eine unsichtbare Kraft einen leeren Wagen, daß sechs starke Pferde ihn nicht fortziehen konnten. Ließ nun der Fuhrmann merken, daß er eine Neckerei von Rübezahl vermutete, oder brach er aus Unwillen in Beleidigungen gegen den Berggeist aus, so hatte er ein Hornissenheer, das die

Pferde wütend machte, einen Steinhagel oder eine reichhaltige Tracht Prügel von unsichtbarer Hand zu erwarten.

Auch bei Rübezahl heilte die Zeit alle Verstimmungen, und wieder einmal hatte er sich in der Gestalt eines Reisenden auf den Weg durch das Gebirge begeben. Wohlgemut ging er seine Straße. Da begegnete ihm ein Bauer mit Pferd und Wagen, aus dessen Mienen er Kummer und Verdruß las.

Er redete ihn an, und der offenherzige Mann erzählte ihm von der Ursache seiner Niedergeschlagenheit. Unten am Gebirge hauste ein Edelmann, ein wüster und hochmütiger Geselle, als ein rechter Bedrücker der Bauern, welche ihm, wie das in jener Zeit allgemeiner Brauch war, zu allerhand Dienstleistungen durch Ernte- und Waldarbeiten und Abgaben verpflichtet waren. Oft verlangte er Arbeiten von ihnen, die schier unausführbar waren.

Davon erzählte der Bauer seinem unbekannten Begleiter und fügte hinzu: „Eben jetzt bin ich auf dem Wege, einen von seinen Befehlen auszuführen, obwohl ich weiß, daß mir das unmöglich ist."

„Warum?" fragte Rübezahl, dem das offene Wesen des Mannes zu gefallen schien.

„Nun", versetzte der Bauer, „noch eine kurze Wegstrecke von hier liegt eine mächtige Eiche, welche die Holzhauer drei Tage lang zu fällen sich abmühen mußten. Diesen Riesenbaum soll ich auf Befehl meines Herrn aus dem Walde holen und auf dem Schloßhofe abladen. Wohl weiß ich, daß es eine Unmöglichkeit ist, allein den Baum von der

Stelle zu schaffen, und noch unmöglicher, ihn auf mein Wägelchen zu laden. Aber ich bin ausgezogen, um wenigstens meinem strengen Herrn zu zeigen, daß ich den guten Willen habe, seinem Befehle nachzukommen.

Wie wird mir's aber ergehen, wenn ich unverrichteter Sache nach Hause zurückkehre! Dann wird er seinen Zorn noch mehr an mir auslassen und mich noch mehr plagen und mißhandeln."

Als Rübezahl den Bauern so wehklagen hörte, ging's ihm ans Herz. Er legte seine Hand auf die Schulter des Mannes und tröstete ihn: „Sei unbesorgt, lieber Freund, ich will den Baum schon an Ort und Stelle schaffen. Fahre nur ruhig heim in deinem Gefährt. Das Weitere will ich selbst besorgen."

Dankend nahm der Bauer Abschied, Rübezahl aber machte sich ans Werk. In kurzer Frist fand er die Eiche, hob sie leicht wie einen Federball auf und trug sie wie einen Spazierstock in der Hand dem Herrensitze des Edelmanns zu. Dort legte er den gewaltigen Baum quer vor den Eingang des Hoftores, so daß der Zugang vollständig versperrt war.

Nun blieb für den Herrn kein anderes Mittel übrig, das Hindernis zu beseitigen, als Arbeiter anzustellen, welche die Eiche zersägen sollten. Aber alle Versuche mißlangen, der Stamm war fest wie Eisen, und als die Zimmerleute ihre Sägen und Beile anlegten, sprangen Funken heraus, aber kein Span konnte vom Baumstamm gelöst werden.

Jetzt war nun der Edelmann in großer Verlegenheit. Er ließ ein neues Tor durch die Mauer brechen und verurteilte den Bauer dazu, die Kosten dafür zu tragen. Da nahm sich der Bauer ein Herz und erzählte freimütig den Hergang seines merkwürdigen Erlebnisses.

Der Edelmann horchte bedenklich auf und merkte, daß hier Rübezahl seine Hand im Spiele habe. Er ließ den Bauer in Ruhe, und die Furcht vor dem Berggeiste hat ihn seitdem milder und freundlicher gegen seine Untertanen gestimmt.

Rübezahl als Retter in der Not

Einen Bauer im Amt Reichenberg hatte ein böser Nachbar durch einen Prozeß um Hab und Gut gebracht, und nachdem sich das Gericht seiner letzten Kuh bemächtigt hatte, blieb ihm nichts übrig als ein abgehärmtes Weib und ein halbes Dutzend Kinder.

Zwar hatte er noch ein paar rüstige, gesunde Arme, aber sie reichten nicht hin, sich und die Seinigen damit zu ernähren. Es schnitt ihm durchs Herz, wenn die jungen Raben nach Brot schrien und er nichts hatte, ihren quälenden Hunger zu stillen.

„Mit hundert Talern", sprach er zu dem kummervollen Weibe, „wäre uns geholfen, unsern zerfallenen Haushalt wieder einzurichten und fern von dem streitsüchtigen Nachbar ein neues Eigentum zu gewinnen. Du hast reiche Vettern jenseits des Gebirges, ich will hin und ihnen unsere Not klagen; vielleicht, daß sich einer erbarmet und aus gutem Herzen von seinem Überfluß uns auf Zinsen leiht, so viel wir bedürfen."

Das niedergedrückte Weib willigte mit schwacher Hoffnung auf einen glücklichen Erfolg in diesen Vorschlag, weil sie keinen besseren wußte. Der Mann aber gürtete frühe seine Lenden, und indem er Weib und Kind verließ, sprach er ihnen Trost zu: „Weinet nicht! Mein Herz sagt es mir, ich werde einen Wohltäter finden, der uns helfen wird." Hierauf steckte er eine harte Brotrinde zur Zehrung in die Tasche und ging davon.

Müde und matt von der Hitze des Tages und dem weiten Wege, gelangte er zur Abendzeit in dem Dorfe an, wo die reichen Vettern wohnten; aber keiner wollte ihn kennen, keiner wollte ihn beherbergen. Mit heißen Tränen klagte er ihnen sein Elend, aber die hartherzigen Filze achteten nicht darauf.

Sie höhnten und spotteten seiner, nannten ihn einen Prasser und Faulenzer, und endlich stießen sie ihn sogar zur Tür hinaus. Eine solche Aufnahme hatte der arme Vetter von der reichen Sippschaft seines Weibes nicht erwartet, stumm und traurig schlich er von dannen. Weil er nichts hatte, um das Schlafgeld der Herberge zu bezahlen, mußte er auf einem Heuschober im Felde übernachten. Hier wartete er schlaflos bis zum Morgen, um sich auf den Heimweg zu begeben.

Als er nun wieder ins Gebirge kam, überkam ihn Harm und Bekümmernis so sehr, daß er der Verzweiflung nahe war. „Zwei Tage Arbeitslohn verloren", dachte er bei sich selber, matt und entkräftet von Gram und Hunger, ohne Trost, ohne Hoffnung! „Wenn du nun heimkehrst und die sechs armen Würmer dir entgegenschmachten, ihre Hände aufheben und einen Bissen Brot erflehen!" Er warf sich unter einen Schlehenbusch, um seinen schwermütigen Gedanken weiter nachzuhängen.

Wie aber am Rande des Verderbens der menschliche Geist noch die letzten Kräfte anstrengt, ein Rettungsmittel auszukundschaften, so verfiel unter tausend nichtigen Einfällen der trostlose Veit auf den Gedanken, sich an den Geist des Gebirges zu wenden. Er hatte viele abenteuerliche Geschichten von ihm gehört, wie er zuweilen die Reisenden geneckt und gefoppt, ihnen manchen Streich und Schabernack gespielt, doch auch mitunter Gutes erwiesen habe.

Es war ihm nicht unbekannt, daß er sich bei seinem Spottnamen nicht ungestraft rufen lasse; dennoch wußte er ihm auf keine andere Weise beizukommen. Also ließ er es darauf ankommen und rief, so laut er konnte: „Rübezahl! Rübezahl!"

Auf diesen Ruf erschien alsbald eine Gestalt gleich einem rußigen Köhler mit einem fuchsroten Bart, der bis an den Gürtel reichte, feurigen, stieren Augen und mit einer Schürstange bewaffnet, gleich einem Weberbaum, die er mit Grimm erhob, den frechen Spötter zu erschlagen.

„Mit Gunst, Herr Rübezahl", sprach Veit ganz unerschrocken, „verzeiht, wenn ich Euch nicht mit dem rechtem Namen bezeichne, hört mich nur an, dann tut, was Euch gefällt."

Diese dreiste Rede und die kummervolle Miene des Mannes, die weder auf Mutwillen noch Vorwitz deutete, besänftigten den Zorn des Geistes etwas. „Erdenwurm", sprach er, „was treibt dich, mich zu beunruhigen? Weißt du auch, daß du mir mit Hals und Haut für deinen Frevel büßen mußt?"

„Herr", antwortete Veit, „die Not treibt mich zu Euch, ich habe eine Bitte, die Ihr mir leicht gewähren könnt. Ihr sollt mir hundert Taler leihen, ich zahle sie

Euch mit landesüblichen Zinsen in drei Jahren wieder, so wahr ich ehrlich bin!"

„Tor", sprach der Geist, „bin ich ein Wucherer, der auf Zinsen leiht? Gehe hin zu deinen Menschenbrüdern und borge da so viel, wie dir not tut, mich aber laß in Ruhe."

„Ach!" erwiderte Veit, „mit der Menschenbrüderschaft ist's aus! Auf mein und dein gilt keine Brüderschaft."

Hierauf erzählte er ihm seine Geschichte und schilderte ihm sein drückendes Elend so rührend, daß ihm Rübezahl seine Bitte nicht versagen konnte. Und wenn der arme Tropf auch weniger Mitleid verdient hätte, so schien doch dem Geist das Unterfangen, von ihm ein Kapital zu leihen, so neu und sonderbar, daß er um des guten Zutrauens willen geneigt war, des Mannes Bitte zu erfüllen.

„Komm, folge mir", sprach er und führte ihn darauf waldeinwärts in ein abgelegenes Tal zu einem schroffen Felsen, dessen Fuß ein dichter Busch bedeckte.

Nachdem sich Veit nebst seinem Begleiter mit Mühe durchs Gesträuch gearbeitet hatte, gelangten sie zum Eingang einer finsteren Höhle. Dem guten Veit war nicht wohl dabei zumute, da er so im Dunkeln tappen mußte; es lief ihm ein kalter Schauer nach dem anderen den Rücken herab.

„Rübezahl hat schon manchen betrogen", dachte er, „wer weiß, was für ein Abgrund mir zu Füßen liegt, in welchen ich beim nächsten Schritte hinabstürze."

Je weiter er fortschritt, desto mehr engten ihm Furcht und Grausen das Herz ein. Doch bald sah er zu seinem Trost in der Ferne ein blaues Flämmchen hüpfen, das Berggewölbe erweiterte sich zu einem großen Saal, das Flämmchen brannte hell und schwebte wie ein Hängeleuchter in der Mitte der Felsenhalle.

Auf dem Pflaster fiel ihm eine kupferne Braupfanne in die Augen, die mit lauter harten Talern bis an den Rand gefüllt war.

Als Veit den Geldschatz erblickte, schwand alle seine Furcht dahin, und das Herz hüpfte ihm vor Freude.

„Nimm", sprach der Geist, „was du brauchst, es sei wenig oder viel, nur stelle mir einen Schuldschein aus, wenn du überhaupt schreiben kannst."

Der Schuldner bejahte das und zählte sich gewissenhaft die hundert Taler zu, nicht einen mehr und keinen weniger. Der Geist schien auf das Zählen gar nicht zu achten, drehte sich weg und suchte indes Feder und Tinte hervor. Veit schrieb den Schuldschein so bündig, als möglich war. Der Berggeist schloß ihn in einen eisernen Schatzkasten und sagte zum Abschied:

„Zieh hin, mein Freund, und nütze dein Geld mit arbeitsamer Hand. Vergiß nicht, daß du mein Schuldner bist, und merke dir den Eingang ins Tal und diese Felsenkluft genau! Sobald das dritte Jahr verflossen ist, zahlst du mir Kapital und Zins zurück; ich bin ein strenger Gläubiger, hältst du nicht ein, so fordere ich es mit Ungestüm."

Der ehrliche Veit versprach, auf den Tag die richtige Zahlung zu leisten, versprach's mit seiner biederen Hand, doch ohne Schwur, und schied mit dankbarem Herzen von seinem Schuldherrn in der Felsenhöhle, aus der er leicht den Ausgang fand.

Die hundert Taler wirkten bei ihm so mächtig auf Seele und Leib, daß ihm nicht anders zumute war, als er das Tageslicht wieder erblickte, als ob er Balsam des Lebens in der Felsenkluft eingesogen habe. Freudig und gestärkt an allen Gliedern schritt er nun seiner Wohnung zu.

Sobald ihn die abgezehrten Kinder erblickten, schrien sie ihm wie aus einem Munde entgegen: „Brot, Vater, einen Bissen Brot! Hast uns lange darben lassen." Das abgehärmte Weib saß in einem

Winkel und weinte verzagt und vermutete, daß der Angekommene wieder das alte traurige Lied anstimmen werde.

Er aber bot ihr freundlich die Hand und hieß sie Feuer anschüren, denn er trug Grütze und Hirse aus Reichenberg im Zwerchsack, wovon die Hausmutter einen steifen Brei kochen mußte, daß der Löffel darin stand. Nachher berichtete er von dem guten Erfolg seines Geschäfts.

„Deine Vettern", sprach er, „sind gar rechtliche Leute, sie haben mir nicht meine Armut vorgerückt, haben mich nicht verkannt oder mich schimpflich vor der Tür abgewiesen, sondern mich freundlich beherbergt, Herz und Hand mir eröffnet und hundert bare Taler vorschußweise auf den Tisch gezählt."

Da fiel dem guten Weibe ein schwerer Stein vom Herzen, der sie lange gedrückt hatte.

„Wären wir", sagte sie, „eher vor die rechte Schmiede gegangen, so hätten wir uns manchen Kummer ersparen können." Hierauf rühmte sie ihre Freundschaft, von welcher sie vorher so wenig Gutes erwartet hatte, und tat recht stolz auf die reichen Vettern.

Der Mann ließ ihr nach so vielen Drangsalen gern die Freude, die ihrer Eitelkeit so schmeichelhaft war. Da sie aber nicht aufhörte, von den reichen Vettern zu sprechen, und das viele Tage so forttrieb, wurde Veit des Lobpreisens der Geizdrachen satt und müde und sprach zu seinem Weibe: „Als ich vor der rechten Schmiede war, weißt du, was mir der Meister Schmied für eine weise Lehre gab?"

Sie sprach: „Welche?"

„Jeder, sagte er, sei seines Glückes Schmied, und man müsse das Eisen schmieden, solange es heiß sei; drum laß' uns nun die Hände rühren und unserm Beruf fleißig obliegen, daß wir was vor uns bringen, in drei Jahren den Vorschuß nebst den Zinsen abzahlen können und aller Schuld quitt und ledig seien."

Darauf kaufte er einen Acker und eine Wiese, dann wieder einen und noch einen, dann eine ganze Hufe; es war ein Segen in Rübezahls Geld, als wenn ein Hecktaler darunter wäre. Veit säte und erntete, wurde schon für einen wohlhabenden Mann im Dorfe gehalten, und sein Säckel besaß noch immer ein kleines Kapital zur Erweiterung seines Eigentums. Im dritten Sommer hatte er schon zu seiner Hufe ein Herrengut gepachtet, daß ihm reichen Ertrag brachte; kurz, er war ein Mann, dem alles, was er tat, zu gutem Glück gedieh.

Der Zahlungstag kam nun heran, und Veit hatte so viel erübrigt, daß er ohne Beschwerde seine Schuld abtragen konnte. Er legte das Geld zurecht, und an dem bestimmten Tage war er früh auf, weckte das Weib und alle seine Kinder, hieß sie ihre Sonntagskleider anziehen, auch die neuen Schuhe und die scharlachroten Mieder und Brusttücher, die sie noch nicht getragen hatten. Er selbst holte seinen Feiertagsrock herbei und rief: „Hans, spann an!"

„Mann, was hast du vor?" fragte die Frau, „es ist heute weder Feiertag noch Kirchweihfest, was macht dich so guten Mutes, daß du uns ein Wohlleben bereitet hast, und wo gedenkst du uns hinzuführen?"

Er antwortete: „Ich will mit euch die reichen Vettern jenseits des Gebirges heimsuchen und dem Gläubiger, der mir durch seinen Vorschuß wieder aufgeholfen hat, Schuld und Zins bezahlen, denn heute ist der Zahltag."

Das gefiel der Frau wohl; sie putzte sich und die Kinder stattlich heraus, und damit die reichen Vettern eine gute Meinung von ihrem Wohlstand bekämen und sich ihrer nicht schämen sollten, band sie eine Schnur gekrümmter Dukaten um den Hals.

Veit rüttelte den schweren Geldsack zusammen, nahm ihn zu sich, und als alles in Bereitschaft war, saß er auf mit Frau und Kind. Hans peitschte die vier Hengste an, und sie trabten über das Blachfeld nach dem Riesengebirge zu.

Vor einem steilen Hohlwege ließ Veit den Rollwagen halten, stieg ab und ließ die anderen ein Gleiches tun, dann gebot er dem Knechte: „Hans, fahr' gemachsam den Berg hinan und warte oben bei den drei Linden. Laß die Pferde verschnaufen und einstweilen grasen; ich weiß hier einen Fußpfad, er ist etwas um, doch lustig zu wandeln!"

Darauf schlug er sich in Begleitung seines Weibes und der Kinder durch dicht verwachsenes Gebüsch und spähte hin und her. Die Frau meinte, ihr Mann habe sich verirrt, sie ermahnte ihn darum, zurückzukehren und der Landstraße zu folgen.

Veit aber hielt plötzlich still, versammelte seine sechs Kinder um sich her und sagte: „Du wähnst, liebes Weib, daß wir zu deiner Verwandtschaft ziehen; dahin steht jetzt nicht mein Sinn. Deine reichen

Vettern sind Knauser und Schurken, die, als ich damals in meiner Armut Trost und Zuflucht bei ihnen suchte, mich gefoppt, gehöhnt und mit Übermut von sich gestoßen haben.

Hier wohnt der reiche Vetter, dem wir unseren Wohlstand verdanken, der mir aufs Wort das Geld geliehen, das in den drei Jahren in meiner Hand so wohl gewuchert hat. Auf heute hat er mich herbeschieden, Zins und Kapital ihm wieder zu erstatten. Wißt ihr nun, wer unser Schuldherr ist? Der Herr vom Berge, Rübezahl genannt!"

Das Weib entsetzte sich heftig über diese Rede, und die Kinder gebärdeten sich ängstlich vor Furcht und Schrecken, daß sie der Vater vor Rübezahl führen wollte. Sie hatten in den Spinnstuben von ihm gehört, daß er ein scheußlicher Riese und Menschenfresser sei.

Veit erzählte ihnen sein ganzes Abenteuer, pries seine Mildtätigkeit mit dankbarem Herzen und so inniger Rührung, daß ihm die Tränen über die Wangen rollten.

„Wartet hier", fuhr er fort, „jetzt geh' ich hin in die Höhle, mein Geschäft auszurichten. Fürchtet nichts, ich werde nicht lange ausbleiben, und wenn ich's vom Gebirgsherrn erlangen kann, so bring' ich ihn zu euch. Scheuet euch nicht, eurem Wohltäter treuherzig die Hand zu schütteln, selbst wenn sie schwarz und rußig ist. Er tut euch nichts zuleide und freut sich seiner guten Tat und unseres Danks gewiß! Seid nur beherzt, er wird euch goldene Äpfel und Pfeffernüsse austeilen."

Veit drang in den dicht verwachsenen Busch und gelangte zu dem Felsen. Er fand alle Merkzeichen der Gegend wieder, die er sich wohl ins Gedächtnis geprägt hatte, die alte Eiche stand noch, wie sie vor drei Jahren gestanden hatte; doch von einer Höhle war keine Spur mehr vorhanden.

Veit versuchte auf alle Weise, sich den Eingang in den Berg zu eröffnen, er nahm einen Stein, klopfte an den Felsen, damit dieser sich öffnen sollte; er zog den schweren Geldsack hervor, klingelte mit den harten Talern und rief, so laut er nur konnte: „Geist des Gebirges, nimm hin, was dein ist!" Doch der Geist ließ sich weder hören noch sehen. Also mußte sich der ehrliche Schuldner entschließen, mit seinem Säckel wieder umzukehren.

Sobald ihn das Weib und die Kinder von ferne erblickten, eilten sie ihm freudevoll entgegen. Er war mißmutig und sehr bekümmert, daß er seine Zahlung nicht an seinen Gläubiger abliefern konnte, setzte sich zu den Seinen auf einen Rasenrain und überlegte, was nun zu tun sei.

Da fiel ihm sein altes Wagestück wieder ein. „Ich will", sprach er, „den Geist bei seinem Spottnamen rufen; wenn's ihn auch verdrießt, mag er mich schlagen und zupfen, wie er Lust hat, wenigstens hört er auf diesen Ruf gewiß."

Darauf schrie er aus Leibeskräften: „Rübezahl! Rübezahl!"

Das angstvolle Weib bat ihn zu schweigen und wollte ihm den Mund zuhalten; er ließ sich aber nicht wehren und trieb's immer ärger. Plötzlich drängte sich jetzt der jüngste Bube an die Mutter und schrie bänglich: „Ach, der schwarze Mann!"

Getrost fragte Veit: „Wo?"

„Dort lugt er hinter dem Baume hervor."

Und alle Kinder krochen in einen Haufen zusammen, bebten vor Furcht und schrien jämmerlich. Der Vater blickte hin und sah nichts. Rübezahl kam nicht zum Vorschein, und alles Rufen war umsonst.

Die Familie trat nun den Rückzug an, und Vater Veit ging ganz betrübt und schwermütig auf der breiten Landstraße vor sich hin. Da erhob sich vom Walde her ein sanftes Rauschen in den Bäumen, die schlanken Birken neigten ihre Wipfel, das bewegliche Laub der Espen zitterte, das Brausen kam näher, und der Wind schüttelte die weit ausgestreckten Äste der Steineichen. Er trieb dürres Laub und Grashalme vor sich her und kräuselte im Wege kleine Staubwolken empor.

An diesem lustigen Spiel vergnügten sich die Kinder, die nicht mehr an Rübezahl dachten, und haschten nach den Blättern, mit welchen der Wirbelwind spielte. Unter dem dürren Laube wurde auch ein Blatt Papier über den Weg geweht, auf welches einer der Knaben Jagd machte; doch wenn er danach griff, hob es der Wind auf und führte es weiter, daß er's nicht erlangen konnte. Darum warf er seinen Hut danach, der's endlich bedeckte.

Weil es nun ein schöner weißer Bogen war und der sparsame Vater jede Kleinigkeit in seinem Haushalte zu nutzen pflegte, so brachte ihm der Knabe den Fund, um sich ein kleines Lob zu verdienen. Als dieser das zusammengerollte Papier aufschlug, fand er, daß es der Schuldbrief war, den er an den Berggeist ausgestellt hatte. Er war von oben herein zerrissen, und unten stand geschrieben: „Zu Dank bezahlt."

Als Veit das las, rührte es ihn tief in der Seele, und er rief mit freudigem Entzücken: „Freue dich, liebes Weib, und ihr Kinder allesamt, freuet euch; er hat uns gesehen, hat unsern Dank gehört, unser guter Wohltäter, der uns unsichtbar umschwebte. Er weiß, daß Veit ein ehrlicher Mann ist. Ich bin meiner Zusage quitt und ledig, nun laßt uns mit frohem Herzen heimkehren!"

Eltern und Kinder weinten noch viele Tränen der Freude und des Dankes, bis sie wieder zu ihrem Fuhrwerk gelangten, und weil die Frau großes Verlangen trug, ihre Vettern heimzusuchen, um sie durch ihren Wohlstand zu beschämen, so rollten sie frisch den Berg hinab, gelangten in der Abendstunde in das Dorf und hielten bei dem gleichen Bauernhofe an, aus welchem Veit vor drei Jahren hinausgestoßen worden war.

Er pochte diesmal ganz herzhaft an und fragte nach dem Wirte. Es kam ein unbekannter Mann zum Vorschein, der gar nicht zur Verwandtschaft gehörte. Von diesem erfuhr Veit, daß die reichen Vettern ausgewirtschaftet hatten. Der eine war gestorben, der andere verdorben, der dritte davongegangen.

Veit übernachtete mit seiner Familie bei dem gastfreien Hauswirt, der ihm und seinem Weibe das alles weitläufiger erzählte. Tags darauf kehrte er in seine

Heimat und an seine Geschäfte zurück, vermehrte seine Güter und blieb ein rechtlicher, wohlhabender Mann sein Leben lang.

Der störrische Esel

Stonsdorf ist ein Dorf im Riesengebirge und liegt etwa eine Stunde von Warmbrunn. Dort dienten bei einem Bauern Hans und seine Schwester Marie. Sie waren beide fleißig und ordentlich, so daß sie nach Ablauf einiger Jahre eine kleine Summe erspart hatten. Da waren sie auf den Gedanken gekommen, auf dem Viehmarkte in Warmbrunn für ihre arme Mutter eine Kuh zu kaufen.

Unterwegs setzten sie sich in das rot blühende Heidekraut am Wege, und Hans machte sich, wie sein Namensvetter „Hans im Glück" im Märchen, allerhand Pläne für die Zukunft. Er baute allerhand Luftschlösser von dem Gewinn, welchen die Kuh bringen würde.

„Davon", so meinte er, „wird ein Acker gekauft und ein Pferd gehalten; das will ich aber füttern und striegeln und putzen, daß es aussehen soll wie das Roß eines Edelmannes, wenn ich zu Markte reite."

Er wäre in Gedanken wohl noch König von Polen geworden, wenn ihn nicht seine Schwester zur Fortsetzung der Reise gemahnt hätte.

„Iah, iah!" schallte es da plötzlich im Busch, und heraus trat ein stattlicher Esel, der einen Strick am Halse trug.

„Der kommt wie gerufen", sagte Hans, „wenn wir ihn aber auch nicht behalten dürfen, so wollen wir ihn doch so lange bei uns bewahren, bis sich sein Eigentümer, der sich vielleicht im Gebirge verirrt hat, finden wird. Aber warum soll ich es mir nicht bequem machen."

Damit setzte er sich auf den Esel und ritt. So blieb Mariechen nichts anderes übrig, als den Strick in die Hand zu nehmen und den Graurock zu führen. Das ging eine Weile recht gut, aber mit einem Male stutzte Gevatter Langohr, bäumte sich, katzbuckelte, und unser Hans machte mit dem Erdboden Bekanntschaft, ehe er sich dessen versah. Der mürbe Strick riß, und Hans hinkte zerschunden und zerschlagen seiner Schwester nach, die brummend den Strick einsteckte.

Endlich kamen sie in Warmbrunn an und erstanden eine gute Kuh für einen mäßigen Preis. Als aber Hans in die Tasche griff und das Geld herausholen wollte, ging ein Schreck durch seine Glieder; der Geldbeutel war verschwunden! Das war sicherlich bei seinem tollen Eselsritt geschehen. Da waren denn nun alle Hoffnungen der Kinder mit einem Male zu Scherben geworden.

Der Verkäufer der Kuh aber glaubte, die Kinder hätten ihn betrügen wollen, und rief die Polizei. Hans sollte nun ins Gefängnis gesetzt werden, aber Marie bat flehentlich für ihren Bruder, so daß man ihn freiließ und beide weinend, verfolgt von einem Schwarm höhnender Gassenbuben, das Weite suchten.

Auf dem Rückwege suchten sie sorgfältig die Wege ab, auf denen sie mit dem Esel einhergezogen waren, um den Beutel wiederzufinden, aber vergebens. Da argwöhnte Hans, daß niemand anders als der nekkende Rübezahl ihr Unglück veranlaßt habe.

„Das ist die Strafe für die Luftschlösser, welche du bautest", meinte Marie, „nun ist unser ganzes Glück zerronnen wie der Schnee an der Märzsonne."

Endlich kamen sie wieder in Stonsdorf an und gingen an ihre Arbeit: Marie melkte als Magd unten im Stall die Kühe, und Hans schnitt darüber auf dem Boden Häcksel. Da ging etwas in der Häckselbank entzwei.

„Reich' mir doch einen Strick herauf!" rief er in den Stall hinab. Marie griff in die Tasche und reichte ihm das Stückchen vom Eselsstrick hinauf. Es war so spröde wie Eisen. Als er aber den Hanf oben ablöste, sah er, daß der Strick aus lauter Goldfäden zusammengedreht war.

Hans verkaufte den Strick, und die Geschwister waren mit einem Male so reich, daß sie ein kleines Ackergut kaufen konnten. Ihr Wohlstand mehrte sich von Jahr zu Jahr. Im Stalle standen wohlgenährte Pferde, aber niemand hat jemals Hans bewegen können, eins davon zu besteigen. Er mußte immer wieder an seinen Eselsritt denken und nahm von einem zweiten Versuch Abstand.

Der böse Landvogt

Auf einer der vielen Burgen des schlesischen Landes lebte einst ein Ritter, geachtet und geliebt von seinen Untertanen. Er führte ein ganz anderes Leben als die meisten seiner Standesgenossen, welche meist nur damit umgingen, reisende Kaufleute auszuplündern und zu belästigen.

Da traf den freundlichen Mann ein schweres Unglück. Weib und Kind starben ihm in kurzer Zeit, und er stand einsam und verlassen auf der Welt da. Er beschloß, seine Burg und sein Gebiet zu verlassen und in fremden Landen seinen Kummer zu vergessen. Er nahm Abschied von seinen Untertanen und zeigte ihnen an, daß er die Verwaltung seiner Burg und seiner Güter seinem Vogte Lutz übertragen habe.

Nun sollte es aber ganz anders werden. Während der Ritter seinen Bauern gegenüber als ein gütiger Herr geschaltet und gewaltet hatte, ließ Vogt Lutz die Vertreter der Landgemeinden, die zu seinem Gerichts- und Burgbezirk gehörten, herbeirufen und eröffnete ihnen, daß sie von nun an doppelt so viel Abgaben zu bezahlen und die doppelten Dienste zu leisten hätten.

Als sie ihm nachzuweisen versuchten, daß nach den alten verbrieften Urkunden er kein Recht zu weiteren Forderungen habe, wies er ihnen die Tür und hetzte sie mit Hunden vom Hofe.

Es war zur Sommerszeit, die Sonne hatte wochenlang auf die Getreidefelder herniedergebrannt, und die Reife des Korns ging dementsprechend früher vonstatten. Es war notwendig, die Ernte möglichst schnell einzubringen. Drei Tage lang hatten die Bauern beim Vogt Erntearbeiten getan, und nun schickten sie sich an, so schnell wie möglich am vierten Tage ihre eigene Ernte in Sicherheit zu bringen.

Da kam um die Mittagsstunde der Vogt Lutz mit einem Schwarm bewaffneter Knechte auf die Äcker der Bauern und befahl ihnen in rauhem Tone, sofort ihre Felder zu verlassen und auf den Gutsländereien die Arbeit wieder aufzunehmen.

So mußten denn die Bauern ihre Felder vernachlässigen, und die Folge davon war, daß sie keine Ernteerträge verkaufen und die schuldigen Abgaben nicht an den Vogt entrichten konnten. Da ließ Vogt Lutz in seiner Grausamkeit den Bauern das Vieh wegnehmen, um es zu Geld zu machen.

Das brachte das volle Maß zum Überlaufen. Ein junger Bauer ballte, als der Vogt wieder einmal auf dem Acker seine zornige Stimme erhob, die Hand gegen den Bedrücker und stieß böse Reden gegen ihn aus. Da wurde der Vogt fuchswild; in seiner Wut ließ er den Bauern von seinen Knechten fesseln und an den Schweif seines Rosses binden. So ward er zur Burg geschleift und dort in ein Verlies geworfen.

Im Dorfe wehklagten die Bauern, und am meisten jammerte Anna, die Braut des jungen Landmannes. Sie rang verzweifelt die Hände und lief weinend hinaus in den Wald.

Da kam ihr ein schmucker Ritter auf hohem Rosse entgegen, der von Kopf bis Fuß in glänzenden Stahl gehüllt war. Anna erschrak vor der unerwarteten, hoheitsvollen Erscheinung, und der Glanz der Rüstung blendete fast ihre Augen. Als aber der Ritter sein Roß anhielt, das Visier zurückschlug und sie sein edles, freundliches Gesicht sah, faßte sie Mut.

„Was weinst du, mein Kind?" fragte er. Nun erzählte sie schlicht und wahrheitsgetreu von den Grausamkeiten des Vogtes, wie er in unbarmherziger Weise ihren Bräutigam behandelt und soviel Herzeleid über sie gebracht habe. Aufmerksam hörte der Ritter zu und gebot ihr dann, die Vertreter der Dörfer des Vogtes herbeizurufen.

Anna tat, wie ihr geheißen, und zur festgesetzten Zeit fanden sich die Geladenen ein. „Liebe Leute", redete sie der fremde Ritter freundlich an, „ich will euch die Hand dazu bieten, daß ihr fortan eures Peinigers, des Vogtes Lutz, los und ledig sein sollt. Ich bin gekommen, um euch in eurer gerechten Sache beizustehen. Geht in eure Dörfer und bietet alle waffentragende Mannschaft auf; ich will sie anführen und die Burg des tyrannischen Vogtes stürmen."

Im Vertrauen auf die Worte des Ritters eilten die Bauern in ihre Dörfer zurück, und bald kamen sie in hellen Haufen mit Äxten, Dreschflegeln, Stangen und Sensen zurück und eilten zu dem Ritter. Keiner, der nur einen Prügel schwingen konnte, blieb daheim.

Der Vogt war erstaunt, als er den Zug von weitem im Sturmschritt auf die Burg zukommen sah. Als der Ritter vor dem Tore angekommen war, forderte er den Vogt auf, herauszutreten und ihm Rede und Antwort zu stehen. Dieser aber überhäufte ihn mit Spott und Hohn. Dann lief er zornig hinweg, um seinen Knechten zu befehlen, daß sie das Gesindel vom äußeren Tore verjagten. Aber die von ihnen auf die Menge herabgesandten Geschosse hatten keine Wirkung.

Da erhob der fremde Ritter seine ungeheure Streitaxt und spaltete mit einem Schlage das Tor der Burg; hoch schwang er seine Waffe und schmetterte alles nieder, was ihm in den Weg trat. Die Mannen des Burgvogtes warfen ihre Waffen von sich, fielen auf die Knie und flehten um Gnade. Sie wurde ihnen gewährt.

Der Ritter unterdes schritt in das Burgverlies und befreite zuerst den jungen Bauer, der ihm glückstrahlend zu Füßen fiel.

Der Ritter hielt ein kurzes Gericht, der Vogt, der sich mittlerweile versteckt hatte, von seinen eigenen Knechten aber verraten wurde, mußte an seiner Stelle in das Verlies.

Darauf zog der Ritter ein Pergament hervor, in welchem geschrieben stand, daß der frühere Herr der Burg gestorben sei und den fremden Ritter zum Herrn und Erben eingesetzt habe. Der neue Schloßherr befreite die dienstpflichtigen Bauern von den Frondiensten, und nur geringe Abgaben sollten sie an den Besitzer der Burg zahlen. Diese selbst und die nächsten Äcker, welche sonst von den Bauern für die Herrschaft bestellt werden mußten, schenkte er dem jungen Bauern und seiner Braut.

Beide wurden als die neuen Besitzer der Burg von den Versammelten anerkannt und hielten an demselben Tage Hochzeit.

Dann rüstete sich der Ritter zur Heimkehr. Er befahl, den kettenbeladenen Vogt aus dem Gefängnis zu führen, und forderte ihn auf, ihm zu folgen. Mit einem Male senkte sich eine dunkle Wolke herab und entführte den Ritter und den Vogt.

Jetzt erkannten die Bauern plötzlich, daß Rübezahl, der Herr des Gebirges, ihr Retter in der Not gewesen war. Sie sahen der Wolke dankerfüllt nach, welche sich auf dem Gipfel des Gebirges niederließ.

Noch lange erzählten sich Kinder und Kindeskinder von der Rettung ihrer Väter aus schwerer Not und segneten das Gedächtnis des edlen Herrn vom Berge.

Mit vollen Segeln auf der bunten Welle

96 Seiten, 55 Bilder, davon 19 bunt

6.80 DM

128 S., 26 Bilder, davon 10 bunt

6.80 DM

96 Seiten, 82 Bilder, davon 27 bunt

80 Seiten, 27 Bilder, davon 12 bunt

4.95 DM

128 S., 25 Bilder, davon 13 bunt

6.80 DM

96 Seiten, 44 Bilder, davon 12 bunt

160 S., 30 Bilder, davon 11 bunt

7.80 DM

136 S., 29 Bilder, davon 14 bunt

5.95 DM

112 S., 30 Bilder, davon 13 bunt

Bunte Bilder machen Kinderbücher noch wertvoller